詩集

緑の日々へ

植木信子

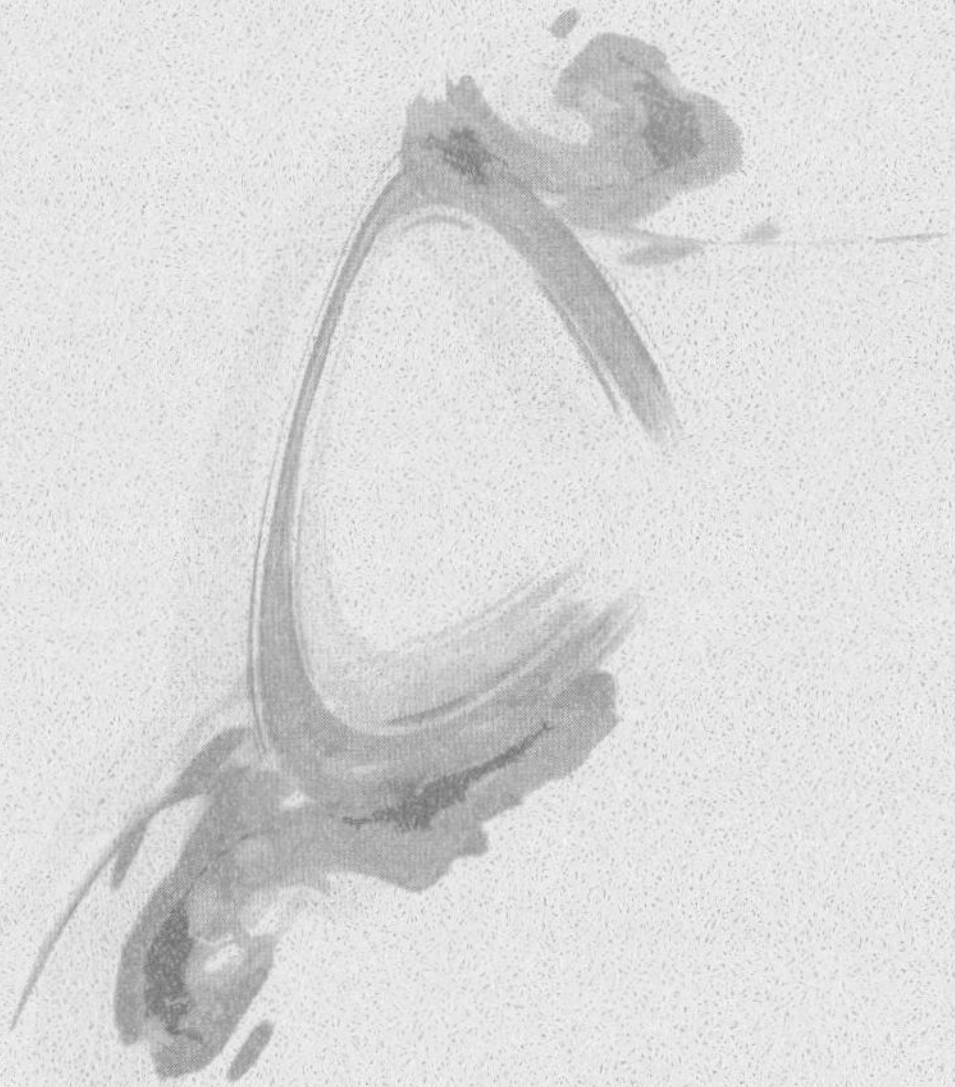

砂子屋書房

＊目次

I

II

Ⅳ

Ⅴ

装本・倉本　修

詩集　緑の日々へ

I

新緑の光に

切々と生きて
人たちのあいだに生きて
希望のように手を胸を足を叩いた
消しても痣に残る痕跡はわたしだけのものであっても
なぞり、埋もれる記憶から書き留めておく
あなたが忘れてしまっていても覚えておく
この世界にいたことを
いなくなった沢山の人たちの中でたった一人のあなたを
多くの人たちの悲しみの重さの中であなたの想いを

あなたは人々のあいだで笑い　話し　生きていた
背をまるめ三つ四つ顔を寄せあっていたときに
新緑の葉がゆれていて
木漏れ日が斑にさして葉陰をつくった
手を差しのべ手を握ったとき
あなたを流れる血が鼓動と重なってわたしにも流れた
その温もりを覚えておく
微笑み、あなたの口もとが動いて耳に伝わった言葉の振動を
沢山のとても沢山の人たちが生きられなくても
たった一人のあなたを胸におく
世界を覆う厚い黒雲の下でも
わたしたちは美しさを、幸せを変えたりはしないだろう
人たちの中にいて出逢い愛し生活し働き老いていくことの
新緑の薄緑に紅の桃の花や白ツツジの花が綺麗だ

広がる空の青や暮れなずむ日の長さ
夜明けの快い風
それから夏が来る
この世界の何かが変わっていっても
切々と生き抜く命を抱く地球
あなたの声を早くいってしまった人たちと聞く
（遠く　遠くになった……）
わたしは信じたい　人たちを
そこに喜びも憎しみもかけがえのない愛の暮らしもあることを
時が来て死んでいくことの不変さを
希望のように呼んでみる
あなたよ　逝ったあなたよ
それは約束のように緑の光に満ちている

浜べいっぱいに響く

五月の快い夕
つばめが翻り飛ぶ
初なつの風のように軽やかに
泡だつ磯の叢ではヒバリが日なが鳴く
目をこらし叢に近づく
ピタ、鳴き止む
離れた叢で賑やかに鳴く
足音をしのばせ近づく
ピタ、鳴き止み前の叢で鳴いている

思わず笑う
ヒバリの子育ては姿を見せず
太陽が沈む頃には浜いっぱいに鳴き響く
西の空が赤くさざ波の音だけになる
松籟が弔いの笛の音に聞こえて家が恋しい
三人　でこぼこ並んで帰ろ
街を抜けて帰ろ
右手にひとつ　左手にひとつ
夕暮れの気体がまるまって握れば温かい
八坂神社を過ぎればもうすぐ
杜の小鳥は木の枝に眠っている
あの灯、古木のかたがり松の近くの家に
夕餉をつくり待つ人がいる
奥間にひとり座っている

そのひと四つ葉のクローバを見つけるのが上手かった
たくさん見つけて二人の子を残して早くに逝った

五月の初なつの風はドアをカタカタ鳴らすので
逝ったひとが叩いているのだと思う
——うるさいよ　少し
　どうか家にいてください
　出かけないでください
食べ物があり　眠るところがあるのなら
行け　行けと言うのではないから　ないから
昨日が一昨日が明日が来ることが幻想に漂い
西の空を真っ赤に塗って　暮れたなら
引き舟が闇の向こうに行くよう
わだつみの向こうへ行くよう

初なつの夕はつばめがひらりひらり飛ぶ
浜べでは子育て真っ最中のヒバリが空と海いっぱいに鳴く

晴れた冬の朝

夜明けは幸せな感覚にすると言う
漆黒の闇から光が差し青くそれから深紅に染めて
真っ白に地表を差す
昇る太陽の光の色は音になって旋律に流れ心に入って来る

＊

熟した洋梨がふくらみ落ちていく　三つ　四つ
気体は湿って暖かく野鳩が鳴いている
四人掛けのテーブルに二人が座り、二人は立っている

時刻は遅い午前それとも正午過ぎ
チリリリ　チリリリリ　目覚まし時計が鳴っている
黄みがかった光に白墨で引いた線が途切れ途切れに混ざる
赤茶色のエプロンがふくらんでいる
たばこの香のする古びたセーターが背もたれに掛かっている
動画を一時止めたようだが囁きが漏れる
開け放った窓から細密画の木の葉やブーゲンビリアの
赤い花が濡れて見え　ふわり　ふわり
雲のようにまるくした気体が浮かんでいるので
わたしたちは祝福されているのだろう
いつの日かの四人揃った昼ご飯のあとの家族団欒は
愛しいとも嬉しいともなくただ優しいざわめきがあった
野鳩が鳴いていた　時計がさっきから鳴っている

＊

画面は消えて線路が交差する広場を行きつ戻りつしては
どこかへ行こうとしていた
砂浜に行くようで
林の奥深く開けたところに立つ木の前で振り返る
ザッと木の葉が散って枝葉は微動もしないので
　わたしは死にたいのかと思ってみる
チリリリリ　チリリリリ
朝なのだ　晴れた冬のいい日なのだ

＊

裸足でゆめの中を駆けていた
何時　何処の時間なのかはわからずに

ポワー　ポワー　ポワー
筒長の白い雲が三つ　四つ　昇っていく　降りてくる
チリリリリ　チリリリリ
目覚まし時計がうるさく鳴りつづける
高い窓から真っ青に広がる何もない一枚の空
その静止の中にいた

日々のこと

おだやかな日々には
あたりまえの人があたりまえに隣にいた
急激な死にも緩慢な死にも葬礼には思いを込め
誕生はどんな嵐の日でも嬉しい生誕の日だった

（屋根や窓に影を落とす樹）
あの人は帽子が好きだった
戸口の木が木陰をつくるころ
わたしたちは戸口の石段に掛け

昼の間中、童謡を歌った
木漏れ日が明るく皆若く幼かった

わき出る泉に小石を投げる
さざ波たち輪を三重、四重につくる
水面は木立を映し　太陽が陰り　水はあちこちに流れて行き
一つになって海に出て行く
暮れなずむ山並みは黒く太古を思わせ
今日と明日はひとつづきだった

（あの人は）季節の帽子が好きだった
草はらの花を摘んで花の色に着物を染め露で足を濡らした
言葉が変わっていっても
繰り返す日常の意味の忘れた儀式に

醸したわずかな毒とかすかな恐れを含んだ酒を飲むのは
祖からの習わしだった

自然はめぐり
花は咲き　花は散り　日差しが暖かく
果樹園には子どもの笑う声がしていた
（あの人は）季節の花を帽子に挿していた
わたしたちは淡い青い星にいるのではなくて
なじんで見る星が月ではなくて地球と言われても
帽子と花を買いに行く
それから
シジフォスの岩を転がす

石に刻まれた聖所の夏には草むす墓碑に

太刀をかざして稜王がひとしきり舞い去っていったが……

冬の木の下で

冬の木の下に滴に濡れそぼり立っていた

自転車の車輪がくるくる廻って止まる

笑い話しをしていた途中に煙に消えた温もりを握る
体半分の細房が水に浸って重く引ずる足で
何処へ行こうか
空へ空高くに顔を向ける

止まった車輪を濡らす雨がひたいに鼻に口にかかって数える
雨つぶは幾つ　足元の小石と砂は幾つ
わたしの罪は幾つかと

雪の寒厳季に雨が降る
木々を黒く濡らし　墳墓を濡らしわたしを濡らして
線引く未来がぼんやり白い
後ろの村々が灰いろに煙って消える
饐えた地中から鶏の鳴き声と駆け去る音

木の下で夕闇の頃まで待っていた
　舟が来るはず……
わたしの奥低に張った板に光りが満ちて
潮のように満ちて

（ほんとうのことはわからない）
　若き禅僧が言ったのを思い出している

夜の闇は深くわたしを融かしていった
きりきりと痛みに和らぐ雨音がして
電子音が飛び交って
火傷のカンガルーが何処にも行けないとぼんやりしている
雨　雨　雨　雨つぶの数　数　数
乾いた涙が乾いた土地に落ちていく

地図ソフトを広げて林檎を置く
てんてん足跡のように置く
煙を追えば
　紫の煙は好きですか？

罪深く笑い声の渦にいた……

草が赤く長く静かだ

鐘が鳴っている
リィリィリリ　リィリィリリ　鈴を鳴らす低い声もする
誰にたいしてでもない祈り
そんな詩を読んだことがある
一瞬の時、存在
永遠のように一瞬がチェーンに繋がっている
照明を真ん中にして鏡を三つ、四つ置く　照明をオンにする
光の筋が鏡に反射してそれぞれが反射し合い
華やかな世界、場ができる

物も命もみんな繋がっているというのに寂しいのは何故？

死者たちが笑うので生あるものは近づこうとして
愛の眼で目の回るほど踊って融解する
高いところから飛び込み　低いところからは足の下に飛び
ゼロを超えたら果てしない闇、至高の線上の端
行ったり来たり　永遠の中に私の細胞が半分抜け落ちたので
ちっとも進んではいないのだ
白壁に貼ってある母象の傍らの子象が笑っている
ショットの写真　求める真言の愛

明るい部屋に一人いた
何もない誰もいない明るさに怯えた
病葉が転がる歩道を虫食いの赤い葉を追っていく

バス停に待つ人たちが能面に見え、不機嫌に見える
——不眠のせいだ
私は悲しむのに死者たちは好きなところにいる
花野なら美しい花畑に
澄んだ青い湖の霧の島にならなら波と遊んでいる
風に乗りたいのなら鳥になっている
疲れてそんな幻影に賭ける人は自ら死んでいく
吹き千切れた葉の傍らに小鳥が沢山死んでいた

石の転がる河原で寂しげな顔でおにぎりを食べる人がいる
鏡に陽を集めて焼いた　においもなく漂い消えて
何もない
照りつける深い闇を突き抜けたなら——
あなたに会える　（何もない）

西の空が燃えている　逆立ちしても見える火
夕暮れ　草が赤く長く静かだ

II

見つからない

コスモスの花はさびしい
ダリヤの花はもっとさびしい
向日葵の花が山裾まで咲くとき
小さな太陽の花の広野に黒い筋をつくる

カラスがかたまって木の枝にいる

白いカーテンが風に膨らんで
窓際の椅子に掛けた服も膨らんで

抱きしめたら私の影ばかり

コスモスの花が窓辺に咲いていて
あなたはコスモスの花はさびしいと言った
ダリヤの咲く庭から木の葉が覆う小道が木立へつづき
二、三本茎が立ち枯れていて
わたしの番だと囁くので飛び出す
虚空は罅割れて
枯れ葉も覆うので
カラスのしゃがれた声で
おにぎりが食べたい　焼きたてのナンが食べたい
鳴く
　あぁ何てこと
ネズミの代わりにポテトだなんて

痛みの花占いはいつも一枚
床に散る
やわらかく尖って狂うのですか
いいえ
なくしたものがわからなくて
ナツメヤシの実を四方形の砂場に探しても
尖って白い貝も見つからない

秋祭には

秋祭が近づくころには
人々は疲れ
何回目かの台風の話をしていた
鳥を追うように空を見上げれば灰色の雲の隙間
青黒い空の穴から薄明かりは差して　静かだ
夏はよろこびをつれて去っていった
木はいっぱいに空気を抱き
風は青い実をもぎ取っていた

収穫の幸いの日々のはずがうちつづく嵐に怯えた
空は時折ゴーゴーうなり
髪を颪の指が摑み小枝は流れて打った

嵐は人々の心をむしばみ昔のシャーマンを求めさせた
五本の指を持ち、両手を広げた胸で守ってくれる
壊れていく人の心に
昔の神々が目覚めほろぼそうとする
人々は互いに傷つけあい　欲望にまみれ
神もなくしていったので

内と外のうつろな暴力は
生よりけだるい死を望ませた
あるいは幸福であろうとしなかった

幸福を手にすると背後に黒い影が立ちのぼり
不安が煙りのように覆う
不毛の冷たい息は生のほのおを消し
生は緩慢な死への助走となってつづいた
　シャンテ　シャンテ　シャンテ
（世界が至福に満ちますように）
むなしく足首につけた鈴は鳴り

氷河が割れて海に漂い
永久凍土が溶け　砂漠に緑が戻る
何万年前の風景がよみがえり
瓦礫の荒地に美しい旋律が流れる

　シャンテ　シャンテ　シャンテ

（世界が至福に満ちますように）
残った人々が幸せでなければならず
食物を求めるためには祭の幕が閉じていく

至福に満ち
湖を渡ったほとりに死者が安らかにねむる
雲が流れる

そんな湖を　山に囲まれた湖を
地球の片隅で
見つけたという

五月の祭り

青葉の匂いに覆われて幾筋もの想いが聖なるかたちを創る
緑の葉　しだれる枝葉をぬって急ぎ歩いて行く人は
おきてのない犠牲祭の聖なるかたち

＊

渓谷と山に挟まれた道は曲がりくねりつづいて行く
川は所々せき止められ湖をつくって青く
山際の棚田の水が陽にかがやいて青い
透明な時間の過ぎる音だけが耳裏を掠めて行く

風が吹き抜けて行きぼんやり迷走するものを罪びとにする
　あの時　あの人は……
　わたしは、
つぐえない罪びとにする
（けれど）痛む傷よ
わたしが傷つけた返り血でしたか
山中で鶯が鳴いている

＊

一月半ばのこの道は雪でふぶいて長い道の外れの家に
しめ縄が張られ火が燃えていた
呪の白い祭りの雪原の木にもしめ縄が張られ
赤く火が燃えていた
フーフー息のように吹雪がわたしを呼んでいた

呪の白い祭りは雪が消えると何処かわからなくなる

＊

ザーザー音するような木立の青葉の滝の下では
罪びとの指の血で聖なるかたちを描く
血で青い五月の祭りは吹く風　空からの空耳　土からの声唄
風の密かな祭壇には聖なるかたちが創られる

道は細くみえなくなる

青葉が濃く木立が森に見えてくる
その上を梅雨の空が広がり光がかぎろい流れる
木の葉の中空は青と緑と灰を混ぜたあわい色
どの道も　この道も何処かへつづき途切れる
途切れて　細くつづいていく
ぼんやりとした日に棺に入れた杖をつき
しめやかな幻を探しにいく
鏡の不在の静寂には幻影が現実よりも確かだ

わたしは、今日も何かを踏み殺したはず
手にあまる欲望を願ったはず
過去はときには重く幻影に満ちているから
分け入って迷子になる
一人緑濃い山道を辿り白くきらめく水のほとりに出る
影がふたつ　ほとりの草はらで戯れている
飛んだり走ったり一時もじっとしていない
小さい男の子の影だ
ひとつの影が両手を口にあて
　ホーホーゴロスケゴロスケ　コイ
梟の鳴くまねをする
もうひとつの影が山道を駆けのぼり
谺を真似て
　ホーホーロゴスケロゴスケ　ドコ

声は小さく木魂になる
緑の山が露をふるわせざわめいていろんな声でいっぱいになる
人の声　獣の声　歌う声　うめく声　笑う声　花の声もする
急に暗くなり空は妙に澄んでいる
星がひとつ流れた　スーと水晶にきらめいて闇に消えていった

窓のカーテンを開けば光に溢れ、現実に戻っている
さまざまな生活の調べが流れ出す
　背中に幼児をおぶってゆする女
　こうすると気持ちいいでしょ
　きゃきゃ笑う子の肌は浅黒く弱々しい
左様ならば別れましょう
　何も言わずにいった人
さようなら　さようなら

季節の違わぬ円環を移ろうあやうい命の時間が直線を引いて
細く見えなくなる

朝、行こうとして

燃える火をまるく囲む顔をメラメラ照らして
あかねに雲を染めて朝が来る
夜道がうすく伸び消えていく端に星たちがきらめいている
雲は形を変え　緑の峡を霧に漂い　雨になってそそいで来る
裸足になり　髪を濡らし雨にくちびるを開く
古代の霊の重なる雲の雨が重く濡らして行く

わたしはなくしてばかりいるので
深々と草を踏み　草汁で足をあおくする

三半規管を鋭くさせる
貝殻に詰まった海底の砂や波音、揺れる藻や潮騒が
昔の歌に流れる
空と雲と海の接するところから光が胸を刺し
固まる痼りがほどけていく
それはわたしの賛歌なのか
逝ったものへの儀礼なのか
悲哀には甘美な旋律がよぎる

風が吹き雲を散らして行き
呪術めく経文めく歌が途絶え
日ごとの営みに錐もみの小刀が鏡を割り顔を歪めさせるが
何もおこってはいない
木の葉が影をつくって梅雨空が上にあり

不在の思いを強める
振り払っても面影があり追憶のノートに書き足す
それから
今日一日を過ごす道化の顔になる
鳴いていく小鳥を追い　口だけ笑い
抜けそうな歯を空へ投げた
重い荷を持ち　浮遊する形には身をかわし
なりたい自分になれるところへ行こうと
時刻を確かめる朝がある

Ⅲ

移ろいゆく時

どこから始まってどこへゆくのだろう
居たというひとりの生は忘れられ　埋められてゆく
切れ切れの思い出が前後左右なく現れる
過ぎ去ったことはみな懐かしく
たとえるなら風
深い深い空を切り裂いて、緑の木の間、草むらの窪みから
風は起き小枝にぶつかり、花や草を揺らし吹いて来る
摑めない面影がふきながしに流れ
一瞬　耳を澄ます

すぐに遠ざかり思い出だけがあかるい
わたしの内に愛の源泉があるなら滴りはじめる
止まった時がゆっくり未来へ流れ出し
恐ろしいほどの悲しみは薄れていくが
喜び駆け寄ろうとすると不在に気づき立ち止まる
　どこかへいっただけ
　いつもの手提げに思い出を詰め白い風のなかにいる
好きな木陰で眠っている　花びらが散り見えないだけ
　ちょっと出かけただけ
あおい空が広がり緑の木々や草をぬって水がきらめく
自然は、世界は変わらずに美しく幸せそうにあり
人々は生きるのに忙しく、騙したり恨んだり笑ったりしている
テロはあり、病気はあり、希望はたいてい手に入らない
不公平な世界に生かされていると心を鎮め

生かされている重みは死を待つひとには確かだ
――なにも本当のことはわからない
太鼓を叩いて叩いて歌っていたい
ひとは残酷にも天使のようにもなるから
気まぐれな神々は悲しみを人に負わせる
――本当のことはなにもわからない
波が寄せ　引き　循環する大気
木々の呼吸　木の葉の呼吸が光り輝いて
賛歌を歌う児が重なり並んでいっぱいだ

笛

手は冷たくこおるのに熱が出るのですね
痩せてごつごつした骨に
息を吹きかけ笛を吹く
カサカサ落ち葉を踏む音のよう
わたしたちはそんな道を歩いているのです
小枝や根が絡み繋がって大きな木があるところ
絶えずさざ波がして笛の音がする
仄あかるくて仄暗く　果てしなく広く　狭い囲み
わたしたちは単純に結ばれていたのに

ほどくのに難しく
もう　いいとあなたは断ち切り緑の草地に
ぼうぼうとぼうろうと立っている
笛の音が蜘蛛の糸をつたい
遠くからのようで傍らからきこえる
熱あるあなたからきこえる

昔、とても昔に聞いた子守歌　忘れた旋律ですね
ゆらゆら揺れているタライを海にみたてたエンドウ豆の殻舟
あなたの若い哀しみも一緒に揺れている
　しろいおふねで　しろいおふねで……
もうすぐのようです
道はふたつに別れ、ひとつは途切れ
ひとつは細くつづいて見えなくなる

永遠があるなら時間をいうのでしょうか
別れをいうのでしょうか

悲しく　懐かしい笛の音は
かさかさ荒れた唇、骨だけの何処に隠してあるのでしょう
あなたは不思議な笛を吹く
三月三日のおひな様　その頃笛は吹きやんで
あなたは川を渡っていく手はず
色紙で折ったながしびなは雨に濡れ、水に流せば沈んでいく
ピーピー小鳥がななめに鳴きながら
飛んでいった　　　わたしの視覚

千の手と

舟は水脈を引き行く
とも綱に飾った花が波間に浮かび磯に打ちあげられる
朽ちていく花のにおいと死のにおいは似ている
海はあおく　空はあおく　泡立っている
新鮮な海風が丘の草をそよがせ葉先の露を零していく
千もの光の筋が摑もうとした裳裾をすり抜ける
囁き　呼ぶ声が内からして
火夫のように小枝を集め火を燃し掻きたてる
否　否　違うんだ

小鳥が囀るから空と土の狭間に寝転んでいる

朝霧が消える時刻に美しい女を見た気がした
清らかな朝陽を受けて空へ行く女
空っぽな心に風が吹き込みわたしを新鮮にする
傍らの小石は小さな墓
思い出を含み祈りの密度で重く
小石の記憶に頰を寄せれば昔が寄せて来る
千もの光の筋が木箱を差している

草はらの木杭の上に幾つかの古びた祠があり
観音開きの扉が壊れかけている
なぜだろう　わけもなく安心する
素朴な生が流れ出す

ここからも海が見える
舟はどこまで行くだろう
魂があるならわたしの内にもあり
幻の女はシャガールの絵のように裳裾を引き
あおい広い空に溶けて行った

千の観音の一つの手で何処か教えて欲しい
それとも聖なるあなたの内にストンと落ちていたい
見えなくなった
一緒に生きた思い出だけが刻まれる

静かな夕べ

落ちる涙を袋に入れて海底に沈み
砂をけり浮遊すれば泣いているひとがいる
それはわたし
それとも誰か
ごうごうと山の木が鳴っているようで暖房の室内音
白ワインと広島産の牡蠣があるから
お米も炊けているから
悲しいことはないはず
ゆるすとかゆるされるとか

大好きなひとなのに　と涙することもなく
今夜は平凡に過ごせるはず

落ちる涙をあふれさせているのは何故ですか
木の葉のようにざわめく不安は何のため？
（根源的な）悲しみがあり
光の届かない深い記憶とともにあり
罪の重みのようにあり　蛇の頭にもたげて滴る

魂の帰り道は思い出を辿るよう
愛したことの思い出が塵の散らかる閉められた扉を叩く
何千万分の一かの奇跡で生まれてきて死んでいくから
思い出の中でしか生きていないのなら
少しづつ少しづつ帰っていく

それは美しい腐敗
においのいい香はうせて
幻に似た命が弱々しくも輝いている
　こんなことしてまで生きていて……
あなたに居てほしい　それだけで
あなたの生きている意義がある　だから
落ちる涙はあたたかくこころを濡らす

静かな静かな夕べです
夕焼けがうっすら残る空です
昔、泥んこに遊んで帰ってくるわたしを
夕焼けっ子といって叱りましたね
おぼえていますか

どうしょうか

曇った空に幼鳥が短く鳴く
その声の高さ
思い出は遠くにあって一枚画に複合する
かっての事が切れ切れに忍び込み
怒っているのはわたしではなく
二重のらせんを切り取り気ままに繋いで見せるあなたのよう
わたしの内の奥深く泉が湧いていた
冷たい水を噴きあげ氷のきれいな縁をつくっていた

時とともに氷は温み氷は溶けてゆき
遠い風景画に描く
わたしは行きかけ、画は遠ざかる
テーブルに置いた林檎酒が水のようなので戸惑う

斜視のつぶては痛いが
黒曜石の硬さにいのちがきらめいて
マッチで火をつけたなら燃えそうな薄い肩が熱くて
抱いた両手をあかく焼いたのに傷跡のない歪んだ奇跡

昔から　母は大地だから切り裂き　耕し　植える
種蒔く季節に畑中の道を
巡礼者はフードを被り　車椅子に押されても行くのだろう
信頼があって　愛や憎しみがあるなら歌も歌うだろう

悲しいのは感覚がなくなること
固有名詞が消えること
地平は扇状に広がりひとつの風景にだぶってくる
声がして頷く気配がするので抜けていけるだろう
そこも同じ風景に広がるから
怒りに変わるなら愛ではなかった

あなたの祭壇の供物を食べたわたしの
意志のようにあなたがふるまうので
あなたと間違えて
どうしょうか

家に帰る

山並みが七階からは近くに見える
グリルと低い山で囲まれている街を川が流れる
梅雨の雨雲が重なる空の一角から陽が差し
だんだん強く部屋いっぱいに差して来る
雲は薄く流れてゆき青い空が広がっていく
きれいな快い午後に
椅子に掛け不安の影を追っている
　川が見えるだろう
あなたはいう

　川を越えた向こうが家だ
夏の日差しが街を明るくしているがここからは見えない

カーテンを開いたり閉じたり歩いてはベッドに座る人がいる
言ってほしいのだ
　大丈夫ですよ
　肉体を蝕む核はなかったですよ
漠然とした不安が漂う部屋
　嘘なのか　本当なのか……
あなたは確実に明日は帰れる
夏至近い日差しを眩しげに見つめている
消毒薬のにおいがして
お祭りめく雨の晴れ間の午後なのに
静かだ　微かに

生と死を分かつ影が白壁を走り　少しづづ
忍びよる襞のような影へ分け入っていく

わたしがそんなことをしていた頃
Yさんは逝った
同じ日　同じ病院でした
愛言　言葉どおりに人を子供を愛した人*

わたしは日が中空にかかり
暮れなずみはじめたときに西の玄関をあとにしました
外来のざわめきはなくなっていて
ヒポクラテスの樹とある傍らを歩いていました
Yさんはそのころ目を閉じ　深く閉じ
闇を超えたもうひとつの光を見ていたのでしょう

愛語　あいご　アイゴ　アイゴー

Yさんの愛語が聞こえる
象のような目を細くして笑っているように話していました
今日も晴れたいい日でした
快い夏の初めの一日でした

＊愛語　良寛が言った言葉　人を傷つけるような言葉で話すな
　というような意味、深くは愛を以て人に接することを
　含んでいる。

Ⅳ

秋の高原

コウン　コウン　コウン
空耳？
隠れ住む者の笑う声？
それとも異形の鳥が鳴く

石段を数段登った境内に数人の男たちが動き回っている
樹齢一千五百年の巨木と深く根を張る土地が御神体という
明日が祭という
　何の祭と聞けば

ご神体とこの土地の、
忙し気に若衆はいう
黒い大きな烏が羽を揺らし妙高山のほうへ飛んでいく
三羽　四羽　六羽
コウン　コウン
鳴くのは誰か　何か
境内は薄暗く灯が赤い
するとこの地は豊かだったのですね　ふたたびたずねれば
どうだったか　こんな山んなか
真っ直ぐに妙高山　左に黒姫山　そのまた左に飯綱山
山と森は見えているが村は何処にも見えない
奥まった祭壇には鏡や五色の布、白い紙が飾られ煌びやかだ
年老いた者はいず、若衆だけで万端準備に余念がない
どれくらいつづいた祭ですか

あと二百年は持つ
土にどっしり足を広げて予言だけを言う
コウン　コウン若衆は笑ったような

コスモスの花のなかにひまわりが咲いている
高原は迷ってしまう
水の匂いがして木の葉が覆う谷には小川が流れているらしい
良い木を求め移動した木地師や山家人は水辺の草木を払い
種を撒き定住していったという
コウン　コウンその魂が鳴き呼ぶのか

高台の小石の混じる原に腰をおろせば
坂道がてっぺんに続いていって見えなくなる
片方は深い森に続き手前は荒れ地が広がっている

赤や黄の草花が幾つもの線に見え細くかたまって揺れている
コウン　コウン　コウン
暮れていく空に響きわたる　風もなく
高い枝の黒い葉がゆれ動いているのは鳴く声のせい？
　やはり迷ってしまった
三、四回同じところをまわっている
葉擦れに水音が混じり
コウン　コウン空耳に響く
錫杖を手にした地蔵の立つ道の出口には近いはずが……

佐渡島

ゆられ　ゆられ　空と海がとけている波間の縁
奇怪に尖る島に近づいていく
無宿ゆえ　強いられ　働かされ　鬼になった者もいただろう
島沿いに数分ジェットフォイルで航行すると佐渡両津港に着く
金山の町　相川まではバスで行く
風吹白道
世阿弥も通った道
　秘っすれば美
どんな秘密が世阿弥に積み重なり美に昇華したのか

胸におさめ流罪の地でもひたすら美を求めた
佐渡の町や村の神社のあちこちに能舞台がある
田植えの終えたころ　村人たちが舞う
田が海に落ち込むように開かれ広がる
合間を白く細い道がくねり
天に行くかのように海につづいて行く
　順徳上皇　日蓮　世阿弥
佐渡人は都人を敬意をもってもてなし都の文化を継承した
江戸時代　罪人や無宿人の金山での厳しい労働の悲しみが
佐渡おけさの底流を流れる
顔が見えないように編み笠を深く被り
背筋を伸ばし腰をしゃんとしてきりっとくねる
一つ手は刃のように真っ直ぐに前に伸ばし
もう一つ手は半分までにする

手首、足首の運びが美しさをきめる

外海府の海沿いの道は美しくも孤独に透明だ
島の北の突端大野亀に
トビシマカンゾウの薄黄の花が一面に咲いている
岩にも咲き、二つ岩の間に海が見え潮風が吹いてくる
サラサラ　サラサラなるは風　トビシマカンゾウの花
舞っている影の衣
物狂いは世阿弥　戦乱の世から遠く未だこの地で新能を探る
花のまん中で美しくサラサラ舞う懐かしさ

花には秘密があるのだ　だからこんなにも華やかに清々しい
トビシマカンゾウのひとつひとつが世阿弥の秘密の花、美
風のごとく　天と水がひとつにはかなく消え　つづく命

世阿弥は許しはしなかったのだ
秘密に負わされた罪、辱め、罰心に鎮め
美の鬼のごとく物狂いのようにもおのれの能に結実していった
サラサラ　サラサラ　サラサラ流れた時間
佐渡は佐渡島　佐渡(が)島でも鬼(が)島でもない
潮風が吹き　寂しくも　優しい息がりりしく笛に鳴る

偽今昔物語から

さびしくてひもじくて手を差しのばす
　一個のおにぎりと手の温もり
生きたくて生きられなかった人たち
わたしのアイ、アイという名の馬
いつもひとりぼっちだった
お母ちゃんは死んだ
わたしはアイといつも一緒だった
さびしく寒い夜はからだをあわせて眠った
わたしたちは虚空を突き破り　わたしの

差し出す手をザラザラした舌でアイはなめた
一日、畑で働いたアイの濡れたからだを
着物をぬいで拭いていた夜、祖母が怒った
形相で見ていた　わたしははだかで
両手を広げアイを抱くように見えたから
お父が駆けてきてアイの首を刎ねた
アイのヌルヌルした血がわたしのからだを伝い
桑の木まで流れていった
桑の木　茂る葉　ザワザワ蚕がたべる
はだかのまま飛び出し小川に身をなげた[*1]

＊

伏見稲荷神社に白馬の神馬が佇んでいる
ライトアップされて穏やかで美しい

その昔　秦氏一族の私神社であったが
災難の続いた年、夢に稲荷山麓の神社を
馬で回るようにとあった
そのとおりにしたら災難はおさまった
　秦氏の伝説にある
雨の篠のつく夜　鳥居の赤と対照的な白い馬の
鼻息がかかるようだ

＊

ある説に馬が人に速度を教え、広大な土地を支配する
帝国をつくらせた　とある[*2]
馬と桑の木と少女　蚕と機織る娘と農耕
馬と人は生涯を共にしたのだった
モンゴルの大草原や大陸から鉄や稲作を携えて来た

船に乗り
ある氏一族は栄え、滅び、拡散され民話に隠れて潜む
美しい言い伝えに
　前方後円墳は壺を横にした形という
　壺の膨らみに埋葬し、魂はやがて壺の口から
　天にのぼっていく

＊

明け方　少女はアイの嘶きを聞いた
アイは鬣を濡らし浪を掻き分け泳いで来る
眼を大きく見開き　口に泡をふき　岸辺近くに沈んでいった
アイ！　アイ！
少女の声は水に沈んで聞こえず　馬に寄り添い見えなくなった

*

通りに車が走り　メロディが鳴る
わたしたちは繋がっているようで独り
独りのようで離れ繋がっている
　馬と少女　蚕と桑の木
　野に落ちる二つの影

わたしたちは何処へ向かうのだろう
独り生きるとき
前と後ろに影が覆い
遠く　馬のひずめを聞くのだろうか?

＊1　柳田國男著『遠野物語』より
＊2　木村凌二著『馬の世界史』参照

バドゥー洞窟

二七二段の石段を登ったなら
海が見えるはず　油を流し青黒くかがやくはず
突き出た岩山には赤道直下の波が寄せるはず
バドゥー洞窟は巨大な鍾乳洞の岩穴　神々の聖地
絶えず途絶えぬ生命の胎内

遠い過去　わたしは此処にいた
それから母の胎内へいった
古い写真のなかで母はしっかり子供を抱いている

子象をつれた母象の嬉しそうな　挑む目
　ガネーシャ
愛を極めんとするものは常に念じよ*1
一つ鼻曲がり　二つ一本牙　三つ茶褐色の目　四つ象顔
ガネーシャ　念じよ
美味し水　美味し果実　涼しい風
岩はだから賛歌がして途切れる　歌にあわせて
踊るよう　死も誕生も歓喜の如く
洞窟を囲む岩に幾千もの針さすムルガンに*2
　ともに悲しまず　ともに喜ばず
昔のことを懐かしむことなく眠る

ただ広いうす暗い胎内をぬけたところに十数段の石段があり
高い処に神々が居られる

岩壁を吹き抜けるまるい空の天井が青く緑に暗闇の底へ
光の筋をそそいでいる
　ガネーシャ
　不死の果汁の水差しに光を集め[*3]
　すずやかに女の腹にかけ　ガネーシャ
岩端で呟く男の肩に青い光が差して見える
祖父だ
半袖の白いシャツ　黒いズボン　三十歳前後の祖父
見つめるわたしに
男は顔をしかめ　笑いかけ　人混みに消えた
墓のようなうす暗い洞窟が懐かしくひとり彷徨う
ガネーシャ　シバとヒマラヤの娘の子
暗闇の底から光に浮きあがる命の源
岩穴の灯があかくぼんやりと神秘的に照らす

剣持て戦え　心が壊されるまえに
神話を暗記せよ　ムルガンの足取りだ
呟き彷徨うわたしは雲霞に漂い太陽に照らされ消えていく

急傾斜の石段に猿が睨み　暑く
ジャンジャラ　ジャンジャラ
わたしは何処へいこう
海が見えたはず（海はなく）
波が岩山に寄せ（波は寄せずに）
白い灰を被った偉大なサドゥーが沐浴のあと（川はなく）
赤い太陽に照らされて波の柱に立ったはず（店が並ぶ）
ジャンジャラ　ジャンジャラ
竹笛鳴って　横笛鳴って　神々の洞窟から地上に降りていく
（わたしは）誰なんだ？　　　ガネーシャ

一つ鼻曲がり　二つ一本牙　三つ茶褐色の目　四つ象顔
愛を極めんとするものは……

＊1　ガネーシャ賛歌から　ガネーシャはシバとパールバティの子　パールバティはヒマラヤの娘
＊2　ムルガン　シバとパールバティの子　軍神　針を刺す祭をする。ムルガンの信者のほかはガネーシャとして親しまれている
＊3　クンプ・メーラから　不死の果汁の入った水差し

いつもの朝に

人は体のなかに小箱を持っている
胸のあたり　脚　肩　腕　背　手　頭　膝
蜜蜂の巣のよう
体の器官や細胞の森深く
葉のように小箱を重ねた中に涼やかな小箱がある
普段は気づかないでいるが小箱の蓋は開いたり閉じたりする
水音がして迷い込むが薄明るい小道が続いている
水の気配がして楽しくなるころ透き通る石が道を塞いでいる
そこから先は暗いのか明るくすぎて見えないのか

知ることはできない
水の湧き出る音がしきりにして
石の向こうから子供の駆けて来る足音がするが
逝くときの足音かも知れない

廃園に花を植えている小箱もある
種植える音がして季節の花が次々に咲く
夢に花の原の真ん中で一人遊びをする小箱だ

怒りの木の立つ小箱もある
風に幹が撓い枝がゆれている
そのまわりでわたしの幾つもの分身が手を繋ぎ
古い歌を歌っている

シクシク泣いている小箱もある
蓋を開けても誰もいない
涙が肩に伝う涙雨に泣いている小箱

小箱を取り出す人もいる
部品のようにすげ替えるがポロリと壊れることがある

絶えず歌っているのか　囁いているのか
ざわめく小箱がある
自分だけの愛の旋律や言葉を話している
他の人のざわめく小箱と共鳴して沢山の人たちの
言葉になり　歌になる
それには何て果てしない時が流れるのか！

寂しいだけの小箱もある
全部開け放っても寂しい色は同じ色　それでしばし
孵化したばかりの蝶を体に結んで飛び回る
心を震わせ大気のなかにおく
そしたらまた水晶の水音する石の向こうから
ふっくらした子が駆けて来る　ほら　ごらん
寂しさは薄らいで暁には体にも潮満ち舟出する
風にふるえる小枝のように

*

いつもの朝
焼きたてのベーグルとコーヒーの香がして
何事もなく始まりますよう
　誰かが祈っている

V

やってきたもの

街は圧された夜のように静かだ　蠢いていた欲望は意識の闇から現れまた隠れていく　光は日ごとに強さを増し　夜よりも露わに晒す午は長く　三角や四角の不整形な路地角の原っぱには土筆が杉葉に尖り　赤や黄の花が所々に群れて咲いている　並木の木々は薄緑にまるい枝葉を変形させて萌え　循環する季を刻んでいる　不穏に圧する息苦しさはやがてくる　近づいてくる　未知

今までその踊り場で独り背を向け　絶え間なく寄せるノイズに似た音声に耳を傾け　互いが互いに独り踊っていた　私たちは目を合わせることはなかった　体と体を触れ熱情を交わすこともなかった　作られた感情を寿司音頭やスシローのカウンターに掛けているように　好きな感情を摑めばよかった　快い感情に従っ

て流れていること　不安も死も遠ざかる
　コロナ禍がやってくるまでは　人生は楽しくなければならなかった　あいつが
世界を覆うまでは　人々は薄い笑いで話し　痛みや悲歌を捨て　孤独をかえりみ
ることはなかった　世界はすべてに開かれていたが　わからないコロナウイルス
が戦いを挑んだとき　私たちは脆く小さくかたまっていた　死でいっぱいにした
目にも見えずに襲いかかった　隔離され　互いが互いに触れることはなかった
不安と恐怖の分厚い無意識の闇を突き刺す　苛立ち　焦燥　不安　いつまで（そ
れで本来の生の愛を　私たちは取り戻せる？）日々のささやかな幸福を
　わからないコロナは何処で何　原始の微生物という　土筆の暗い根元で細い根
をシーソーにして　まるく小さなものがいっぱい片方に　地面すれすれまで乗っ
ていて　風に吹かれたりする
　照明をあてたその先には　動かない街、かっての街が広がっている　以前より
も木々は繁茂して淡い紅色に染まっている　波紋なく動くもののいない声のない
世界は　不気味におだやかだ

月が満ち欠けをくり返し　海は満ち潮や引き潮時の濡れた砂を見せている　星は瞬き　流れ星が白い羽のように弧を描く

左手のピアニスト*

左手のピアニストがいたことを覚えていて欲しい
独り北向きの部屋で夢中でピアノを弾いていた
風は寒く木々はゆれて鳴り雪はふぶいて窓を白く塞いでいった
夕暮れなのか　明け方なのか薄い茜の光が鍵盤を差していた
体は凍っていくが乱打する両手は熱く止むことはなかった
丘の森の一軒家は雪に埋もれたが
狂気の魔物のように雪の中で打ち鳴らしていた
　どれくらい弾いていたか
ピアノの音は鳴る木々にまぎれ吹き荒れる風に飲まれたが

わずかに高く低く麓の村にたどり着いたらしい
数日後　雪の中から掘りおこされた時
すでに死していたのか　夢、願いは左手に残った
ワタシはそれから左手のピアニストになった
昼すぎになると広場に面した屋根ばかりのフロアで弾いた
希望、果てのない願いは左手で弾く旋律に込めた
三月、四月になり　美しい五月になったが
街はひっそり閉ざし燕さえ飛び交わなかった

ワタシは森の一軒家でピアノを弾いている眠りの中にいるのか
死してもピアノを弾こうとして
ワタシは老いてピアノの練習に励んだ若き日の
夢のなかに生きているのか　左手だけが鮮やかに動く

人はどんなに夢、希望、願いを抱いては崩れていくのか
左手でピアノを弾き見つめた
皆、傍らを過ぎていった
ワタシよりも早く　急ぎ足でいった多くの人たち

覚えていて欲しい
左手のピアニストがいたことを
絶望からの夢や願いの旋律は叶わずに逝った人たちのもの
　ワタシはその人たちと一緒にいた
左手でワタシが弾くともう一つの手がそっと置かれた
　鍵盤を自由自在に動く
左手のピアニストがいたことを覚えていて欲しい
陽気に萎えた足を踏み左手で弾いていた
ときには　こここここ　ころろ

立ち止まるひとと目を合わせ声をたて嬉しそうに笑っていた

＊NHKのドキュメンタリーより

明日が来るのなら　明日が来て

時間は昨日から今日、次の日へとつづいていた
毎日仮面劇は繰り広げられるので素顔は限られていた
祈りの代わりの花占いは
信じたい　信じられない　残る一枚

数は美しく整えられ　数かぎりない欲望を潜ませていたが
数字はいつも正しく思えた
パンとサーカス　そして花の日々には
わたしの素顔は少しづつ変形し削られて行った

クレーま　クレーま　ひとり騒ぎたて
緩慢な死にも憧れていたから
誰もいない部屋ではいつまでも話しつづけた
時々泣きたくなるのは
嬉しいからか悲しいからかわからないでいた

今日をやり過ごすこと
明日までは長く今日は瞬く間にめくられる
ある真っ暗な夜に
外で声がする　歌う人がいる
明日が来るのなら　明日が来れば　明日が来て
あの子と花のトンネルを駆け抜けて行く
光がぽっかり出口の向こうにあって
二人しなやかに目覚めた朝は

露の野に出、種を撒く　買い物に行く
明日が来るのなら　明日が来て

祈りから

雪がふってきた
霧の林の窪みの枯れ葉を腐らせ黒い土に落ちていく
ひょうひょう戸口を風は吹き
　おかあさん　まって　おかあさんおかあさん
赤いコートの娘が遠ざかる車を追いかけている
おかあさん　おかあさん　どこまでも追っている

ようやく雪がふってきた
白く清めわたしの犯罪を印す雪

重い日々声のない日々　気流の下で独り歌い踊っていた
張り詰める時間を破り清らに雪がふる
　死より恐ろしいものは何か
雪を見、問い　無音が息苦しい

太古より前
ふりそそぐ岩が海を消し沼や湖を砂に変え
わたしたちは密林を森を犯した
　まってておかあさん　おかあさんまってて
気の遠くなる時間を遡り、奇跡のように
わたしたちの星に命が生まれた
共存　闘い　青い星に
死も　流れる血に足を滑らせ迷っても
かすかに幸福が差す

かすむ海の岸辺に両手を広げるひとを見る
その時
神を見た（と思った）
幸せに触れた（と思った）
指と指　その触れ合うかすかな深い距離

雪がふってきた　ようやくふってきた
わたしは信じたい
清らかに街を人を包んでいくと

二つこぶのラクダが笑うまで

空へ　杉の木が突き立てている
てっぺんをゆっくり黒い鳥が旋回する
小鳥が　ピーチ　ピーチ　ピーチ　ピーチ　ピチ　囀る
　もも　もも　もも　もも　と
風はフンワリ春の衣を広げている
フキノトウがうす緑の匂いで地面を剝いでは緑色にする
不思議なのは森の不安　静かな蒼い不安
痩せた黒コートの男が小道から森の奥へ消えた
ふあん　不あん　ふ安

息を吸って　はい吸って　花粉がいっぱいで咳き込む
さらさらさら　さらさらさらさら
枝を伝い木から木を伝って流れる波音
風の波　風のかたちが見える

ぼうぼうの小枝の並木の坂道を行けば白い建物
陽が白壁にぶつかって反射して目に入る
それでその人の目は大きくひこみ潤んでいる
　心配で　消えて行く火がまたひとつ　心配で
笑いすぎてひこみ乾くのではなくカッと見開いていた
疲れて祈りも呪詛もなく　愛も枯れて　言葉もなくて
夕闇に鐘が鳴って一日が終わる
あの人の目が潤んで深い
ふあん　不あん　ふ安を閉ざす

窓に映る灯　灯　灯は夕餉の灯
生の証のひとつひとつの灯火
生の営み　愛の行為　安らかな寝息やリズム
きこえる

灰色の屋根の下
ふっと息を残して裾を引き闇にいく影

一日中　髪を乱して動きまわった後の虚無の広大さ
瞳に流れる灯　尾の火　灯火が流れる

それは二つこぶのラクダが笑うまで
クィ　クィ

笑い　笑って
クィ　青い海に消える

春の希望

地底からきこえる
地層を重ねた空洞からきこえる
　アーウィアー　ハーウィアー
オーエヤオーエヤホホホホホ
声のする土と石の地底に光は何処から差すのか
わたしは耳を澄まし聞いている
肉を無くした骨たちが歌う太古の歌
それともわたしに潜む母たちが歌い繋いできた歌

死は慰めでもあったから
耳を澄ますのは何時かわたしも解放されて
風が緑の草原を靡かせる野に行きたいからなのかもしれない
地底の声は風になり
野の待ち合わせのように行きつ戻りつする
それは希望のようなやすらぎ

都市（街）は見えないいつのる不安に脅え苛立ち
本能が黒雲に人々を覆い
罪や悪を考えるよりも生ききることを望んだ
都市（街）は裏切り、裏切られ、痛み合い、
尽くし、怒鳴り、人々は力なく黙していった
古代　そうして
幾つもの都市が地底に消えて行ったのだった……

ハミングで歩きたい朝なのだ
小枝は芽吹き　緑は開き　光は流れ落ち
別れと淡い出逢い　命が萌え出る春なのだ

世界の何が変わったのか
異化はなぜ
晴れわたり風が髪を解かしていく朝に暗く陰鬱なのは
（死はひとつの慰めではないのか）

昼に街の中心部を行く　人通りの途絶えた街路を歩く
柔らかな感触が腿に触れて　小さな女の児の手が触れている
ママが呼ぶ
ママはもみじの手を握りわたしを振り返る

わたしは笑う
ママは幸福そうに微笑む
その僅かな大きな三人を流れる安らぎのようなもの
ママが一歩、歩くとき
女の児は三回、小さな靴の足を六回出す
わたしは追い越してしまう
　ママが一回　児どもは三回ね
若い女は嬉しそうに児どもを見る　わたしを見る

生きている幸せでなくて何なのだろう
生あるものの、種族の愛の分かち合いでなくて
何なのだろう

太古の歌に込められる

アーウィアー　ハーウィアー
繋がる生への希望
オーエヤオーエヤ
声が風になって樹をまがり野の緑を流れて行った
ホホホホホ

日差しが明るく青い空から風が吹いてくる

想いを共にする

空が白み夜が明けたのを知る
闇が払われてゆき押し伏す床にも光が差して来る
風がカーテンの裾をゆらし
鳥が短く鳴く
気体が渦巻いていているようで耳を澄ます
昔聞いた野鳩が鳴くのは懐かしい声を探していたから
高い空の上で風が鳴っているようで
窓やドアの隙間から光が少しづつ入って来る
過去へ　眠りに戻ろうとするが

水が流れ　わたしの体を水が流れ
昼の浜べに押し上げ未知に向かわせる
皆、誰も一人ぼっちではなかった
　追われていると思う人も　余計と思っている人も
死の床の壊れて醜く老いた人を愛おしく抱けるのは
愛された思いがかなしく蘇る
生と死の尊厳が一つになって心に満たされる
明け方に野鳩が鳴いただろうか
いつもの朝に昔聞いた野鳩は鳴いていたのだろうか
大きな樹はなくて
切々と寄せ来る想いがあなたに、わたしに、人たちに流れて
一つの声、歌になるなら
土から生まれ出て　空を渡っていく声になるなら
若葉が萌え出、風にそよぐところで

別れは未来の出逢いのように
わたしたちは想いをともにすることが出来る

後書きにかえて

詩集にまとめている間は新コロナウイルスのまっ最中でした。こんなときに詩集にしてもらえるかどうかと心配していました。

砂子屋書房の田村雅之さんにお電話しましたら、快く大丈夫との少し疲れている様子でしたが大切な返事をいただきました。

思えばコロナウイルスだけではなく、気象変動の洪水や夏の異常な暑さが数年つづいていました。けれど、まだ間に合うかもしれないという思いが詩集の底流を知らずに流れていました。

今も新コロナで大変な方がいられる中で詩集を出版できたのは、とても素晴らしいことと思い感謝しております。二次感染、三次感染が心配されるなかで、手にとって読んで下さることを、心より願い感謝いたしております。

出勤もままならない状況で詩集にして下さった田村雅之さんはじめ、詩友の皆様、肩を押して下さった方、またあたたかな眼差しや言葉をかけて下さった方たちに感謝の限りでおります。

二〇二〇年五月

植木信子

詩集　緑の日々へ

二〇二〇年八月二三日初版発行

著　者　植木信子

新潟県長岡市蓮潟五—五—一四（〒九四〇—二〇二三）

発行者　田村雅之

発行所　砂子屋書房

東京都千代田区内神田三—四—七（〒一〇一—〇〇四七）

電話〇三—三二五六—四七〇八　振替〇〇一三〇—二—九七六三一

URL http://www.sunagoya.com

組　版　はあどわあく

印　刷　長野印刷商工株式会社

製　本　渋谷文泉閣